大偵探
福爾摩斯

數學偵緝系列

貝格街 221B 的命案

SHERLOCK HOLMES

目 — 錄
CNTENTS

(L)＝厲河　(C)＝鄭兆臻　(P)＝林浩暉

高利貸之災

「甚麼？你要去找**高利貸**?」華生大吃一驚。

「我已經**別無選擇**，時間緊迫，要立即出發。」說着，福爾摩斯已推門走下了樓梯。

「就算沒錢交租也不用找高利貸吧?」華生慌忙從後跟上，「那些傢伙都不是**善男信女**，被纏上了就很難脫身啊！」

「你在說甚麼啊？我找高利貸商人是要問**貝里**的事。」大偵探邊走邊道，「李大猩説他已**失蹤**多日了，再拖下去恐有不測。」

「貝里失蹤了？」華生赫然一驚。

華生知道，貝里是蘇格蘭場的 ，
專門將黑道內幕賣給警方。因其消息靈通可靠，
令警方屢破大案，連老搭檔有時也會找他幫忙。
只是他**嗜賭如命**，常被債主上門追債，有幾
次更要老搭檔**出手相助**。

「昨天我到貝里家
查探，鄰居說曾有人上
門**討債**。」福爾摩
斯說，「而且他失蹤前
數天，更有可疑人士在
附近出沒，可能與某個
高利貸商人有關。」

「現在就是要去找那個商人嗎？」

「不，我根本不知道那人是誰，要先找熟

人打聽消息。」

不一會，二人來到**上史灣登巷**一棟兩層高的木樓。

福爾摩斯敲了數下門後，一個**兇神惡煞**的大漢從門後現身，粗聲粗氣地問：「甚麼事？」

「我想找門多利先生。」大偵探故作神秘地說，「是關於**一筆錢**的。」

「錢？」那大漢以為生意臨門，馬上領着兩人穿過走廊，來到一個房間。華生看到，裏面有個**臉肉橫生**的男人蹺着二郎腿在喝茶，開門的大漢

在他耳邊輕聲説了幾句話，就站到一旁去了。

「想不到倫敦**大名鼎鼎**的私家偵探，也要跑來借錢呢。」男人放下茶杯，皮笑肉不笑地説。

「嘿嘿嘿，門多利先生，雖然我是個**窮偵探**，但也不至於要向你借錢。」福爾摩斯老實不客氣，一屁股坐到門多利對面，微笑道，「我們來這裏只是想**問**些事情罷了。」

「問事情？不是説與一**筆錢**有關嗎？」

門多利皺着眉頭。

「沒錯，但那筆錢不是與我有關。」大偵

探傾前上身，湊到門多利的面前輕聲說，「有關的是蘇格蘭場。」

門多利盯住福爾摩斯好一會兒，然後打了一個響指，示意大漢離開。

待大漢的腳步聲遠去了，福爾摩斯才施施然說：「我想找一個叫貝里的人。」

「那賭鬼嗎？恕我愛莫能助。」門多利在一張紙條上寫了些甚麼，然後遞給福爾摩斯，「不過你可以『問問』我的同行狼納特先生。」

「是他？」福爾摩斯一怔，慌忙道謝告辭。

華生跟着離開後，看到老搭檔**憂心忡忡**的，於是問道：「怎麼了？」

「麻煩了。」福爾摩斯**喃喃自語**。

「甚麼麻煩？」

福爾摩斯並沒回答，只問：「華生，你知道**借貸**是甚麼一回事嗎？」

「為甚麼這樣問？」華生摸不着頭腦，「你想說甚麼？」

「人們有時在短時間內需要**大量現金**，例如生意周轉、看病買藥和舉行喪禮等等，其中一個方法就是向別人借錢。*久而久之*，一種借錢予別人的行業就**應運而生**。」

借出金錢的叫債權人、放債人或債主。

借入金錢的人就是債務人或欠債人。

有時欠債人要償還的金額比貸款金額多一點，那多出來的金額就是利息。

假設甲借 100 元給乙，並要求乙在指定日期內還錢，利息多少則由甲指定。

原本借的金額稱為本金。

如甲要求的利率是 1%，那麼乙所支付的利息就是 100 元的 1%，即 1 元。

$$100 \times 1\%$$
↓
$$100 \times \frac{1}{100}$$
↓
$$1$$

利息 $1

「由於債權人借出了錢，那麼，他在借出

期間就不能用那筆錢了，故此利息可視作對債權人延遲用錢的 補償 。反之，欠債人卻可提早用那筆錢，利息就可視為欠債人提早獲取物品的 代價 了。」福爾摩斯繼續說，「不過，如果該筆貸款的利率高於法律規定的上限，就是高利貸了。」

「高利貸的利率那麼高，誰會這麼笨去找他們借錢啊？」華生問。

「對 信用不佳 或 還款能力成疑 的

人，銀行或親朋戚友不會輕易借出貸款。」福爾摩斯解釋，「所以，他們只好向高利貸借，最後往往會因欠債而被滋擾，甚至遭受暴力對待，**得不償失**。」

「原來如此，但跟你剛才說的『**麻煩**』有何關係啊？」華生問。

「麻煩在狼納特為人暴躁，對欠債人**絕不手軟**，更不會顧其死活。」大偵探皺着眉道，「我們要儘快找到他，愈遲找到他，貝里的處境就愈**危險**。」

二人立刻到蘇格蘭場與**李大猩**和**狐格森**會合，然後帶着十數名警察按門多利給予的地址來到一個**倉庫**門外。這時，一個身穿褐

色西裝的男人剛巧從裏面走出來。李大猩立即一手扭住對方，另一手緊緊掩住他的口，並低聲**警告**：「別作聲！否則一槍斃了你！狼納特是否在裏面？」

那人被嚇得**慌忙點頭**。

「既然確定人在裏面，為免**夜長夢多**，馬上攻進去吧。」大偵探低聲道。

「好！」狐格森把信息傳達給一眾警察後，李大猩**大手一揮**，眾人迅即攻入倉庫，成功

拘捕狼納特及其黨羽，並找到已被虐打至昏倒在地上的貝里。

華生施救期間，福爾摩斯搜到一本**賬簿**，上面有不少借貸記錄。

「天啊！這相等於年息**1200%**，太誇張了吧！」福爾摩斯看着賬簿驚叫。

「現在沒規管利息上限*，那班傢伙才能這麼**無法無天**！」李大猩氣憤地說。

狐格森卻好奇地問：「單看欠款就立即知道利率，你怎樣算出來的？」

「我只是用了計算利息的**公式**而已。」

*19世紀中期至後期的英國，幾乎對私人貸款利息沒有任何規管。當然，在現行的法例下，高利貸已是犯法的生意了。

> ## 利息 = 本金 x 利率 x 時間

利息每隔一段時間就會累加一次。例如按月累加，就以月利率計算；若是按年累加，就以年利率計算。

> 貝里借了 50 鎊，卻要 3 個月內還 200 鎊，那利息就是 200 鎊 − 50 鎊 = 150 鎊，即每月的利息是 150 鎊 ÷ 3 = 50 鎊。

> ## 150 鎊 = 50 鎊 X 月利率 X 3 個月

用解方程的方法改寫算式。

⬇

> ## 月利率 = 150 鎊 ÷ 50 鎊 ÷ 3 個月

⬇

> ## 月利率 =1=100%

「由於狼納特只收取 **單利息**，所以計算較簡單——月利率**100%**，一年有 **12個月**，所以年利率是**100% × 12**，就是**1200%**了。」福爾摩斯說。

「單利息？」李大猩問，「利息也分種類嗎？」

「這個——」

「你說甚麼？」突然，華生的聲音傳來，打斷了福爾摩斯的說話。

原來，貝里已在華生的搶救下甦醒過來，他**氣若游絲**地說：「救……救救我的女兒……她被……被**法納**抓了。」

「鬣狗法納？」狐格森大吃一驚，「那傢伙也是個高利貸，絕不好惹啊！」

「而且，他計算利息的方法與狼納特不同……」大偵探皺着眉頭說，「是更**狠**更

狡猾啊。」

「那現在怎麼辦啊？」狐格森問。

「唔……」福爾摩斯想了想，向華生問道，「他的情況怎樣？」

「幸好只是**皮肉傷**，休息幾天應該就能恢復。」

「好，那先回去 **蘇格蘭場** 再說。」

眾人將貝里扶上馬車後，馬車夫大喝一聲，馬車就開動了。

「是……是我害了卡洛琳，是我的錯……」貝里不斷**自責**。

原來一個多月前，貝里賭錢時手風不順，輸光了錢。恰巧那時他碰上法納，受不住其誘惑，便向對方借了**50鎊**，並隨即回賭場繼續「拼搏」，但最後仍輸得一乾二淨。

幾天前，法納帶手下來催債，貝里才知道自己**連本帶利**竟要償還超過**3倍**的錢。由於他根本無力還債，法納就擄走其女兒卡洛琳，威脅他若一星期內不還錢，就把卡洛琳賣給人口販子。三天後，就是最後的**期限**了。

「果然是頭狡猾的鬣狗，趁人賭得興起之際就主動借錢，然後慢慢將對方**生吞活剝**。」狐格森悻悻然地說。

「哼！這伎倆就只有賭鬼才會中計！」李大猩嘲諷道。

「之後你就向狼納特**借錢還債**了？」華生問貝里。

「不，其實狼納特那邊是另一筆貸款。」貝里**囁嚅**，「我連日忙於**籌錢**，壓根記不起此事。直至被他抓住，才驚覺……」

「你坦白說，你究竟還有多少個債主？」大偵探**目光灼灼**地盯着貝里問。

「呃……我……」貝里**吞吞**

吐吐，「我也向**門多利**借了**20鎊**，除此之外就沒了。」

「難怪那傢伙那麼爽快幫我們，他怕你被幹掉就收不回借款。」

「法納的借貸利率是多少？」狐格森問。

「借單上寫着的是日利率 **4%**，那麼月利率就是 4%×30 天 =**120%**。」貝里説，「我借**50鎊**，以為一個月後還**110鎊**就行，卻沒料到會變成**162鎊**？」

「看來你當時賭昏了頭，連**條款**也沒看清楚。」福爾摩斯説，「法納所收的應該是**複利息**，與狼納特的完全不同。」

「複利息?」李大猩皺起眉頭,「剛才你在倉庫說甚麼單利息,現在又有個複利息,究竟是甚麼啊?」

「我之前說過,利息每隔一段時間就會增加一次。」福爾摩斯解釋,「單利息只是將**本金***加上**到期的利息**去計算,本金並不會改變。」

單利息的計算方式

本金 + 本金 × 利率 × 時間 = 須還債款

⬇

50 鎊 +50 鎊 ×4%×30 天 =110 鎊

⬇

50 鎊 +50 鎊 × $\frac{4}{100}$ ×30 天 =110 鎊

但複利息卻是在貸款每次到期後,將到期的利息加到本金上,變成一個新的本金,然後用這個新本金再計算下一次的利息。

*這裏的本金,是指貝里借入的款項。

例如：

複利息的計算方式

星期一
£50
本金

星期二
£50 + £50 × 4% = £52

星期一的本金　└─星期一的利息─┘　星期二的本金

星期三
£52 + £52 × 4% = £54.08

星期二的本金　└─星期二的利息─┘　星期三的本金

星期四
£54.08 + £54.08 × 4% = £56.24

星期三的本金　└─星期三的利息─┘　星期四的本金

「就是這樣，利息看似不高，卻因本金不斷增加而令須還款項變得愈來愈多。」福爾摩斯繼續道，「相比於平穩增長的單利息，複利息則以**幾何級數**的速度增長，後期增速更是非常驚人。所以，在『**利疊利**』的情況下，

高利貸$之災

時間愈長，負債人的債款
就愈龐大。」

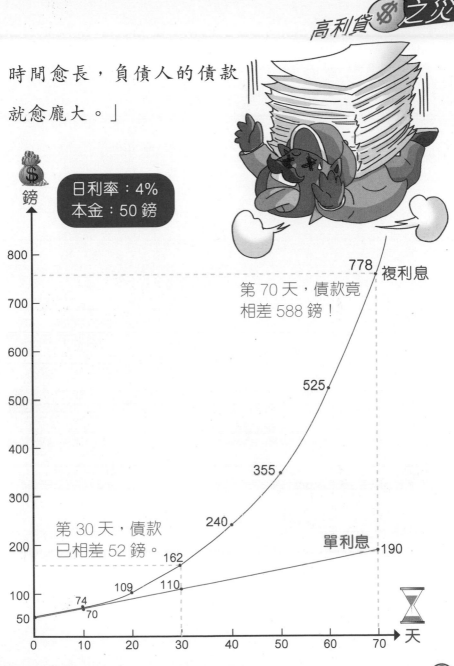

日利率：4%
本金：50 鎊

鎊

800

778 複利息

第 70 天，債款竟
相差 588 鎊！

700

600

525

500

400

355

300

240

第 30 天，債款
已相差 52 鎊。

200

162

單利息 190

74

109 110

100

70

50

0   10   20   30   40   50   60   70   天

「難怪貝里只借款一個月就要還那麼多錢。」華生**恍然大悟**。

「真是一羣吃人不吐骨頭的傢伙！」李大猩咬牙切齒，「這次一定要將他們**繩之以法**！」

說着說着，馬車已在蘇格蘭場門前停了下來。

「現在我就帶人去踹法納的大門，讓他交出卡洛琳！」李大猩**怒氣填胸**。

「對，告他擄人勒索！」狐格森也**義憤填膺**。

「稍安勿躁。」福爾

摩斯連忙攔住二人，「法納**狡猾多端**，貿然抓他，只會**適得其反**，甚至可能危害到卡洛琳的性命。」

「那怎麼辦，難道到口的肥肉也要不吃？」李大猩**心有不甘**。

「我有一個辦法。」大偵探想了想說，「但你們在這兩三天內先別公開警方已拘捕狼納特的消息，以免 **走漏風聲** 讓法納有所防備，也好讓貝里養傷。」

「還要等兩三天？」狐格森問，「難道你已有**計策**？」

「沒錯，因為我知道幾日後恰好有一場**寶石拍賣會**，可以利用一下。」

「寶石？這時候要寶石幹甚麼？」華生大
惑不解。

「當然是**買**下來啊。」

「你有錢**買**嗎？」

「我沒有，那你有吧？」

「我哪來這麼多錢啊？」

「沒錢？不要緊。」福爾摩斯以手搭着華

生的肩頭，狡黠地笑道，「你可以去 **借** 啊。」

眾人 **面面相覷**。

三天後。

「法納先生，那塊古董寶石我 **志在必得**！

只是現在我 **周轉不靈**，一時之間沒有那麼多

現金，所以要向你借點錢。」

華生一身貴族紳士裝束，來到地下錢莊，對着一個**獐頭鼠目**的男人說出福爾摩斯早已編好的**對白**。

「啊？請問閣下想借多少？」法納瞇起雙眼打量着華生。

「**200鎊**。」

「若要這麼多，恐怕閣下要拿點東西作**抵押**。」

「這個怎樣？」華生隨即拿出一個精緻的**鼻煙壺**遞上。那是警方拘捕狼納特時搜到的，

可能是某欠債人的抵押品，福爾摩斯就臨時借來一用，引誘法納上鈎。

法納接過鼻煙壺**端詳**一番後，就取出一張紙，在上面寫了些東西。

「日利率**5%**，**30天**內還清，請在這裏簽字吧。」他向華生遞上一張借條，露出諂媚的笑容說，「祝你順利買得心頭好。」

華生從錢莊出來後，立刻鑽進了一輛停在街角的馬車，車廂內只有福爾摩斯和貝里二人。休息了兩天，貝里已勉強能下床走動。

「成功了，那傢伙借給我**200鎊**。」華生興奮地說。

福爾摩斯馬上從中抽出**182鎊**放進一個紙袋交給貝里。*

待貝里下車走進地下錢莊後，二人也趕忙下了馬車，走去與李大猩和狐格森**會合**。那時，孖寶幹探已在錢莊四周**埋伏**了多名警察。不一會，他們看到兩個剽悍的大漢押着一個女孩從後門進入錢莊。

*各位讀者：貝里不是說欠法納 162 鎊嗎？為何福爾摩斯交給貝里 182 鎊呢？（答案刊於 p.34）

「那名少女應該就是卡洛琳。看來貝里已將錢交予法納，令他肯**放人**了。」福爾摩斯低聲道。

李大猩看準時機一聲令下，所有警察立即衝進去，**制伏**了法納及其一眾黨羽。

「福爾摩斯先生，謝謝你。」貝里感激地說。

「別高興得那麼早，雖然狼納特和法納**被補**了，但你尚有門多利的欠款未還呢。」福爾摩斯說，「我會和他**交涉**一下，希望他可**寬限**一些時日讓你還錢。」

「謝謝。」

「記住，不是每次都這麼**幸運**，若今後再賭博**連累**女兒，誰也救不了你們。」大偵

探警告，「你該知道怎樣做吧？」

　　「我明白的。」貝里眼泛淚光，看着站在不遠處的卡洛琳說，「我會**努力工作**賺錢，以後都不會再賭了。」

　　當福爾摩斯和華生離開錢莊時，已是**夕陽西下**。

　　「高利貸真**可怕**呢。」華生歎道。

「高利貸可怕，**沉迷賭博**卻更是害人不淺，多少人因此而**家破人亡**。」福爾摩斯嚴肅地說，「我準備向李大猩他們提議，讓貝里多做些其他工作，分散他的注意力，令他真的能**戒掉賭癮**。」

「這辦法不錯呢。」

大偵探想起了甚麼似的，忽然壞笑道：「對了，你跟法納借的錢應該還剩下一些吧？去吃頓**法國大餐**如何？」

「那些錢？已交給狐格森作**呈堂證物**呀。」

「哎呀！一點回扣也沒拿嗎？那我的法國大餐怎麼辦？」

「家裏有些**冷飯**，夠你吃一頓。」

「是嗎？我不想吃冷飯啊。」福爾摩斯伸了個懶腰笑道，「難道要我們去找門多利**借錢**，才能好好地吃一頓嗎？」

兩人**說說笑笑**地從暗巷走向明亮的大街，留下了長長的身影。

貝里借款 50 鎊，日利率 4%，按複利息計算，經過一個月 (30 天) 後，須還款 162 鎊。此後他被擄走、由我們救他出來，再按計劃還款給法納時，已過了 3 天。由於這 3 天的利息也要計算在內，所以貝里當天須還款 182 鎊 (四捨五入的結果)。

「哇呀！」一下悲鳴突然從貝格街221號B的1樓傳出。

正在樓下的愛麗絲被嚇了一跳，她馬上往樓上衝去，但在樓梯轉角抬頭一看，已見臉色發白的華生怔怔地站在樓梯頂**一動不動**。

她連忙衝到華生身後看去，卻立即被眼前的景象嚇倒了：「那人是……？」

原來，1樓的門打開了，屋內**昏昏暗暗**，

一個男人 **倒臥** 在客廳正中央，地上更有幾處染成紅色。

「華生醫生，這⋯⋯究竟⋯⋯」愛麗絲哆嗦着問。

「我⋯⋯剛回來⋯⋯便看到他躺在地上⋯⋯」華生吞了一口 **口水**，定一定神說，「愛麗絲，你先別跟進來。」

說着，他慢慢走近那男人，突然「咦」的一聲，停下了腳步。

「怎麼變闊了？下巴、頭髮也是……」

愛麗絲聽到後，不顧心中恐懼，也邁出遲疑的步伐走進了客廳。

「啊！」她看到那倒在地上的男人歪歪斜斜的，模樣十分滑稽。

華生急急蹲下來，摸了摸男人的手腕。

「啊，這是……」

「怎麼了？」

「你來摸一摸就明白了。」

愛麗絲蹲下來，**戰戰兢兢**地伸出手，摸了一下男人的手臂，但摸到的根本不是人的皮膚，而是——

「**畫紙？**」

「對！真神奇！」華生驚歎地說，「剛才站在門口看到的是**正常的身形**，但一直向前走時，就看到他的身體不斷**拉闊**，現在蹲着看就變形得更厲害了！」

「你說得沒錯！他的身體像薄餅上的芝士般，**愈拉愈闊**似的呢！」愛麗斯退到門口再看，「若站在大門旁看的話，男人又會**回復原狀**，活像真人一樣！」

「這肯定是福爾摩斯的**惡作劇**！」華生氣憤地說，

「他想作弄我們！」

「嘿嘿！你們也不太笨呢！這麼快就識破了。」門外傳來一個熟悉的聲音。

二人回頭一看，只見我們的大偵探倚在門邊，露出**洋洋得意**的笑容。

「果然是你！」愛麗絲指着福爾摩斯叫道。

這只是一幅畫，在特定的角度和距離看，才看到它的立體效果。若在其他位置看的話，它就會以不同的比例變形。這原理名為投影幾何，又稱錯覺藝術。門口位置是這幅畫的最佳觀賞角度，其立體效果最突出，所以才能把你們嚇倒呢！

「你怎麼繪出這麼嚇人的畫啊，害我差點心臟停頓了！」華生不滿地說。

「哪裏嚇人？只是一個吃完午餐後睡覺的男人罷了。不過，他吃得連

番茄醬都滴在地上，看起來像血而已。你們細心看！他嘴角流着口水，睡得正酣呢！這幅畫名為《飽餐後的午睡》，是我花了許多心血才畫出來的大作啊！」

大偵探**自賣自誇**。

「哼！」愛麗絲不忿地説，「這種畫有甚麼了不起。」

「難道你懂得畫？」

「你教我就懂了。」

「哈哈，真有你的。」福爾摩斯笑了笑，説出了這種**投影幾何**的繪畫方法。

我先想像一個男人躺在客廳中央，並以正常比例將其繪畫於畫紙上。

然後把這幅畫分成16個正方格。

再用一張分成16個長方格的畫紙，把男人變長了的比率，逐格對照畫上去。

最後，剪去上面多餘的部分，再按比例畫上地板，再貼到客廳的地上。在特定的角度看過去，就會產生錯角，以為那男人躺在地上了。

*p.50-51 的「福爾摩斯的錯覺剪紙小魔術」可製造出類似效果，可試試玩啊！

「福爾摩斯也太厲害了，竟然想到這種繪畫方法。」華生歎道。

→古時已經有人在繪畫時先裝上一個網格，再逐格複製到紙上。

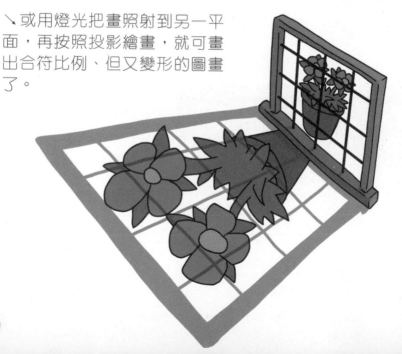

↘或用燈光把畫照射到另一平面，再按照投影繪畫，就可畫出合符比例、但又變形的圖畫了。

「這方法不是我想出來的。」

想令畫作顯得真實，還要運用透視法，即距離近的物件畫得愈大愈清晰，遠方的物件則相反。這和人眼看事物的原理相同。我們比較一下這兩幅畫吧。

左上這幅畫中，後排的人跟最前排的人大小相若，沒有因距離而縮小，令畫作顯得不立體。但左下的畫則運用了透視法，前後景物大小適中，富空間感。

「即是説最初把男人繪畫在紙上時，也要顧及他與客廳其他物件的**大小比例**是否正確嗎？」愛麗絲問。

「對，就是這樣。」

「我明白了！」愛麗絲突然高呼，然後就**一溜煙**似地奔下樓梯。

數天後，當福爾摩斯和華生吃過晚飯踏進家門時，赫然發現愛麗絲**一動不動**地站在昏暗的客廳內，張開嘴巴指着他們。

「啊！」華生被嚇了一跳。

「**糟糕！還未交租！**」福爾摩斯驚呼一聲，慌忙一個轉身想拔腿就跑，但腳跟還未離地，就被一個嬌小的人影攔住。

「**哎呀！**」

他定睛一看，攔住他的竟然是**第二**個愛麗絲！

「你……那麼客廳中的……咦？」大偵探頓時被嚇得幾乎說不出話來。

「哈哈，嚇倒了你吧！」愛麗絲嘻嘻地笑着。

「啊！」剎那間，福爾摩斯馬上明白了，「客廳中的你只是**一幅畫**？」

華生慌忙轉身再看，也被嚇了一跳：「真的是**一幅畫**呢！」

「哼，上次被你的畫嚇得連催租也忘了。」真正的愛麗絲向福爾摩斯步步進逼，大聲喝道，「這次你已**無路可逃**了！」

我們的大偵探發現自己正被夾在兩個愛麗絲中間，有點**手足無措**地呢喃：「**前後夾攻**，太卑鄙了……」

不過，說時遲那時快，他突然一拳打向愛麗絲的面門，嚇得愛麗絲慌忙閃避。原來那只是**虛晃一招**，就在同一剎那，福爾摩斯已用

力一蹬，像一陣風似的越過了愛麗絲，往門外跑去。

「**後會有期**」福爾摩斯

高聲一呼，就奔下樓去了。

「**哎呀！太可惡了！別逃啊！**」

愛麗絲追到樓下時，大偵探早已失去了蹤影，

只餘下一臉茫然的華生。

①在一張白紙上畫一個「N」字，並塗上顏色。

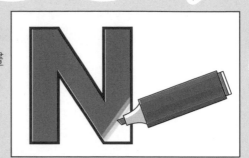

②在「N」上加上立體效果線，並用鉛筆塗上陰影。

③如圖在「N」旁畫上虛線。

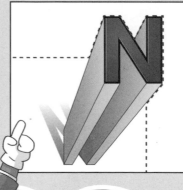

④沿虛線把
「N」字剪
下。

* 請在家長陪同下
小心使用利器。

⑤把剪下的「N」字放在
黑色的紙上，並用手
機拍下。

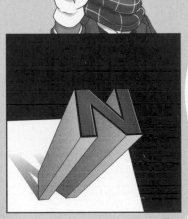

⑥轉換「N」字的角度，
可製造出不同效果。

注意：在步驟⑤和⑥，如不用手機把「N」字拍下來
看，立體效果並不明顯。因為，我們的視覺感觀會
受到周遭景物的影響，很易就識穿看似立體的「N」
字其實並不立體。反之，用手機拍下來後，由於把
周遭景物都排除在畫面的外面，就很容易產生立體
的錯覺了。

「不得了！不得了！福爾摩斯先生，城外森林一間廢屋傳出了**幽靈的哭泣聲**呀！」小兔子「砰」的一下踢開了貝格街

221號B的大門，**沒頭沒腦**的闖進來嚷道。

我們的大偵探懶洋洋地躺在沙發上，說：「幽靈？別胡扯了。我以前也**調查**過兩起這樣的案子，最終證明世上根本就沒有甚麼幽靈啊！恐怕這次也一樣吧？別打擾我睡午覺。」

「甚麼？世上沒有幽靈嗎？」小兔子想了想，煞有介事地說，「那麼，那些哭泣聲一定是**暗號**了！」

「暗號？」福爾摩斯一聽到是暗號，**精神**

為之一振，立即從沙發上跳下來問，「為甚麼你認為是暗號？」

「因為，那些哭聲不但可怕，聽起來還好像是有**規律**的。」

「真的？是怎樣的規律？」

「那些哭聲在黃昏時響起，每次都分成**5段**，就像幽靈哭哭停停似的。當時我身在現場，也感到**毛骨悚然**啊！」

「每段哭聲的長短如何？每次停頓的間隔又有多久？」福爾摩斯問完後又擺擺手說，「算了，你當時一定已被嚇得**尿褲子**了，又怎會記得那麼仔細。」

「甚麼？老子被嚇得尿褲子？」小兔子抗議道，「任誰都知道，整條貝格街**膽子最大**的就是我小兔子！你別亂説啊！不過，我確實沒記得那麼仔細。」

「哎呀，那不就一樣嗎？」

「但幸好**小麻雀**和我一起。」

「那又怎樣？」

「你不知道嗎？他吃穀麥時習慣不停『**啄、啄、啄**』地啄，每一次只能啄食23秒，否則就會脖子痛了。所以，他聽得出那**5段**哭聲剛好一共響了**23秒**才停止。此外，他從哭聲的節奏得知每段哭聲長度一樣，而它們之間停頓的間隔是**2秒**呢。不過，他沒有説每段哭聲的長度。」

「5 段哭聲，總長 23 秒，間隔是 2 秒嗎？」大偵探說着，連忙在一本簿子上記下了一些東西。

「你在寫甚麼？」小兔子好奇地問。

「**方程式**呀。用來計算每段哭聲的長度。」

「方程式？那是甚麼？」

「一個算式中包含了**未知數**的話，就是方程式。它可用來標示不同未知數值之間的關係。」大偵探解釋，「譬如，我們可用一個未知數去表示每段哭聲的長度。為方便看，一般利用**英文字母**來標示。例如可用 **a** 代表每段哭聲的長度，如果以方程式寫出來的話，就變成這樣——」

$a_秒 × 5 + 2_秒 × 4 = 23_秒$

每段聲音的長度　響起次數　間隔時間　間隔次數　總共時間

「由於只有一個未知數，我們只須用一條方程式就能解出 a 的 **數值** 。若想知道 a 是甚麼，就要令算式左邊剩下 a。」

先乘除後加減，
將 $a × 5 + 2 × 4 = 23$
變成 $5a + 8 = 23$
左邊除了 a，還有「5」及「+8」，要把它們移走。

「記住，算式的左邊有甚麼改動，右邊也須作同樣的改動，以求兩邊 **均等** ，就像以下那樣。」

$5a + 8 - 8 = 23 - 8$ ➡ $5a = 15$
之後，$5a ÷ 5 = 15 ÷ 5$ ➡ 結果，$a = 3$

「這樣，就知道每段哭聲響了**3秒** 啦。」福爾摩斯總結道。

「原來如此！」小兔子**恍然大悟**，但隨即又皺起眉頭，「但我們還未知道那哭聲是怎麼一回事啊？」

「直接去城外森林看看不就**一清二楚**了嗎？」

於是，二人在黃昏時分到了森林中的廢屋附近查看，果然聽到了 5 段極之難聽的哭聲。

而且，每段哭聲真的都只是維持了**3秒**。

「沒錯吧！如此有**規律**，一定是**暗號**啦！」小兔子説。

「很可疑呢。」福爾摩斯想了想，就悄悄地走到那廢屋前，**出其不意**地一腳踢開大門。可是，他們看到的，只是一個男子盤膝坐在地上吹奏着**笛子**，其前方更有一條**蛇**吐着舌頭搖來擺去。

最叫人意外的是，那男子不是別人，竟就是我們蘇格蘭場的老朋友——

狐格森！

「你在這裏搞甚麼鬼？」福爾摩斯訝異地問。

「哎喲，被你們發現了。」狐格森有點難

為情地說，「我們蘇格蘭場快要舉行警探才藝大賽，我想表演**吹笛耍蛇**，為免被其他人知道，就在這裏秘密練兵呀。」

「那麼，那些幽靈的**哭聲**……」小兔子難以置信地看着狐格森手中的笛子。

「甚麼幽靈？別嚇我，我一邊吹笛一邊**跺腳**震動地面，才能吸引眼鏡蛇的注意，令牠搖來擺去呀。」

「哇哈哈！你知道嗎？你的笛聲不但難聽，還像幽靈在哭呢。所以，小兔子這傻瓜還被嚇得**尿褲子**呢！」說着，福爾摩斯不禁**抱腹大笑**起來。

「豈有此理！都說老子沒有尿褲子！別亂說呀！」小兔子**捶胸頓足**地大聲抗議。

消失的黑便士

「華生！這盆水怎會這麼髒的？還有那麼多紙碎！你想作弄我嗎？」睡到日上三竿的福爾摩斯，醒來時**睡眼惺忪**，看到洗臉盆有水就猛地撥到臉上去，卻沒料到竟是一盆髒水。

「我哪有作弄你，只是借你的洗臉盆來**泡郵票**罷了。」華生走過去説。

可是，當他看到福爾摩斯那貼滿郵票的樣子時，不禁**大吃一驚**：「哇！我的郵票呀！怎會都黏到你臉上了？你千萬別動！」説着，華生**小心翼翼**地從福爾摩斯的臉上逐一剝下郵票，然後再放到報紙上晾乾。

「那是我的臉盆，你怎可用來泡郵票！」

福爾摩斯一面更衣，一面不滿地罵道。

「哎呀，別那麼 **小家子氣** 啦。下個月舉行倫敦郵展暨拍賣會，令我想起要整理一下舊郵票罷了。」 華生一邊用書壓平郵票一邊說，「對了，據說集郵家亞歷克先生還會在會上展出他的珍藏 **VR黑便士** 呢！」

「我早知道啦。」

「**價值連城** 的 VR 黑便士，在《大英郵票目錄》上都沒有記載啊。你竟然也知道？」華生有點驚訝。

「嘿，我除了是煙草研究家外，也是郵票研究家啊。我還知道，是世上第一枚郵票，還分民間用和公務用兩種呢。民間用的

是普通版黑便士，其左上角和右上角都標示着『馬爾他十字』；左下角和右下角則有防偽的英文字母編號。政府公務用的黑便士，以

馬爾他十字

民間用

公務用

代表維多利亞女皇的『V』和『R』取代了『馬爾他十字』，故此俗稱VR黑便士。

由於政府沒有公開發行VR黑便士，所以《大英郵票目錄》也沒有記載呢。」福爾摩斯如數家珍地説。

「它的流通量及存世量都不多，的確是黑便士中的珍品。你連這個也知道，實在了不起！」華生佩服地説。

「其實，這是一位**顧客**跟我説的。」福爾摩斯笑道。

「啊？是甚麼顧客？」華生好奇地問，「難道與查案有關？」

咚咚咚……

就在這時，一陣輕輕的敲門聲響起。

「華生，請讓我們的貴客進來吧。」

華生連忙走去開門，迎來了一位**衣冠楚楚**的男士。

「幸會，我叫哥登・亞歷克，你是華生先生吧？上次跟福爾摩斯先生會面時剛巧你不在，這是我的名片。」男士遞上**名片**。

華生接過一看，上面寫上「集郵家　哥登・亞歷克」。

他不正是 VR 黑便士的收藏家嗎？華生赫然一驚，一個 **不祥** 的預感襲來──他來找福爾摩斯，難道⋯⋯是展品出了事？

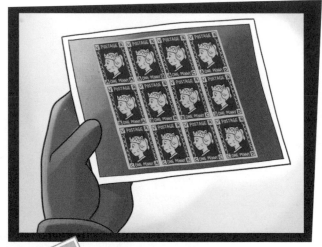

果然不出所料，亞歷克先生一坐下來，就從口袋中掏出一張 **照片**，憂心忡忡地說：「福爾摩斯先生，幸好我有 **拍照存底**，被偷的就是照片上的 VR 黑便士，請你先看看。」

華生看到，照片中的是直 3 枚、橫 4 枚，共 12 枚的 **12方連郵票**。正如福爾摩斯剛才所說那樣，每一枚黑便士的左上角都有『V』、

右上角都有『R』的政府公用標記，而左及右下
角分別是防偽字母。

「此外，我還收到賊
人的**匿名信**。」亞歷克
掏出一封信，從中取出一
張信紙及一個小封套。然
後，他再拿出郵票夾，小
心翼翼地從小封套內逐
一夾出 4 枚 VR 黑便士郵票。

「經確認後，這是我那 12 方連 VR 黑便
士藏品中的 4 枚，編號是 **CA、CB、CC** 及
CD。」亞歷克說，「賊人把這 4 枚還給我。」

「聞名不如一見，這就是 VR 黑便士！但偷
去郵票後又歸還，居然有這樣的怪盜。太奇怪
了！」華生感到**不可思議**。

「不僅如此，賊人在信中還這樣寫道……」

接着，亞歷克把信中內容讀出。

亞歷克先生：

　　請諒我不問自取，並將你的珍藏剪下鑑賞。現在我已看膩了，先將其中 4 枚 VR 黑便士隨函奉還。倘若你能解決以下兩個難題，就能尋回我已剪出來的一個四方連了。至於另外 4 枚嘛，我已把它們剪碎丟棄了。因為，珍貴的郵票愈少愈令人嚮往，太多反而會令人噁心啊！

黑便士怪盜 字

　　華生知道，亞歷克先生口中的「四方連」，是用來形容「**四張郵票連在一起形成一個四方形**」的稱謂。

「究竟是甚麼難題？請你讀下去吧。」福爾摩斯催促。

亞歷克點點頭，把難題讀出。

難題⑦：如何剪郵票？

你有由 12 枚郵票組成的 12 方連（直 3 枚 × 橫 4 枚），如想將之剪成 3 組，其中一組是剪出一個「田字形」的四方連，剩下的又必須是兩組非四方連的 4 枚相連組合，究竟有多少種剪法？

提示：我投遞此函的多邊形郵筒，其角的數目恰巧就是剪法的數目。

難題②：買了多少枚郵票？

你在郵局花盡1克朗*買1、2、3及4便士的郵票，而4種面額郵票的數量都要相同，那麼你合計買了多少枚郵票？

*1克朗＝60便士

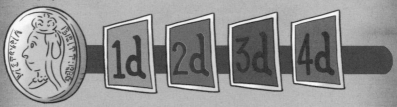

只要把上述答案（數字）填到以下空格內，你就會找到你的四方連了！

倫敦市內第 ☐ ☐ 號的郵筒。

大家知道如何計出這兩題的答案嗎？
計算方法可在 p.105 找到！

亞歷克把信讀完後，向福爾摩斯懇求道：

「請你一定要幫我尋回那個 VR 黑便士的四方連。那是，我不想失去它啊！」

「我會想辦法的。」福爾摩斯點點頭，「不過，待我先看看怪盜有沒有在郵票上留下**指紋**。」

說完，他用放大鏡小心**檢視**那 4 枚被怪盜寄回來的 VR 黑便士。不一刻，他抬起頭來佩服地說：「那怪盜非常小心，為了不留下指紋，他沒有用手撕出郵票，而是用**剪刀**剪出四方連呢。」

「其實，**有齒孔**的女皇郵票都是在 1850 年代起才印製的。所以，於 1840 年印成的普通黑便

士及 VR 黑便士，都是**沒有齒孔**的。因此，它的四方連必須用剪刀剪下來。」亞歷克説。

「啊！是嗎？」福爾摩斯感到意外，「這次真是長見識了。」

「哎呀，現在不是説甚麼『**長見識了**』的時候啊。」華生沒好氣地説，「你應該馬上**動動腦筋**解開難題呀！」

「嘿嘿嘿，解開難題並不難，我已知道四方連藏在這裏。」福爾摩斯説着，在紙上寫下兩個數字交給華生，「你按這**兩個數字**查一下郵筒分佈的資料吧。」

「這麼快就找到答案？」華生**半信半疑**地從書架上取下一本《倫敦郵政大全》仔細地翻閱。

不一刻，華生抬起頭來**興奮**地說：「找到了！找到了！」

「是嗎？」亞歷克大喜，「那麼，請馬上帶我去把它取回來吧！」

福爾摩斯三人**快馬加鞭**，花了個多小時就來到倫敦東郊，並在一個 **No.24**（難題②的答案）的郵筒附近停了下來。時值深秋，郵筒附近掉滿了**斑駁**的金黃色落葉。

福爾摩斯指着前方一個郵筒説：「倫敦市內有圓柱形、橢圓形、四方形和六角形的郵筒，那個**六角形郵筒**就是**難題①**的答案了。」

三人走近六角形郵筒查看，亞歷克一眼就發現在郵筒下方有一個被落葉覆蓋着的**盒子**。

他開心地説：「看！有個盒子！裏面一定藏着我要找的東西！」

華生慌忙撿起盒子，卻發現盒子被**密碼鎖**鎖着，並不能打開。

「唔？盒底好像有一封**信**呢。」亞歷克指着盒底説。

福爾摩斯拆開信封，取出裏面

的東西**翻來覆去**地看了好幾遍，最後終於

恍然大悟地說：「我明白了！」

　　說着，他用密碼打開了盒子，取出盒中的

四方連，經亞歷克確認後，證實就是他的失

物。

　　不過，一星期後，福爾摩斯仍為着 VR 黑便

士一案在家中**苦思冥想**。

　　「都找回四方連了，還在想甚麼？」華生

訝異地問。

　　「直覺告訴我**事有蹊蹺**，

因為一切太順利了。」福爾摩斯

說。

　　突然，門外傳來一陣急促的

腳步聲。接着，門被「砰」的一下推開了。原來，

來者不是別人，正是我們的老朋友——蘇格蘭場幹探**李大猩**。

「福爾摩斯，我知道你上星期破了一宗 VR 黑便士盜竊案！」李大猩<u>急不及待</u>地說，「你知道嗎？有人正在申請拍賣第二個 VR 黑便士的四方連，我懷疑與你上星期破的那案子有關啊！」

「第二個四方連？」華生聽得傻了眼。

福爾摩斯眼底寒光一閃，說：「果然**不出所料**，12方連竊賊終於露出狐狸的尾巴了！」

「哎呀，李大猩你跑得好快啊。」這時，狐格森也 **氣喘吁吁** 地趕到來。

在李大猩和狐格森的追問下，福爾摩斯向兩人詳述了亞歷克先生來求助的經過。

「原來如此……」李大猩聽完後想了想，

問，「那麼，你們是怎樣尋回那個 四方連 的？」

「我們在東郊找到第 24 號郵筒，發現郵筒旁有一個 密碼盒 ，盒底還貼着一封脹鼓鼓的 信 。」華生回憶道，「信內有一封 解碼信 及一張折着的 仿製 VR黑便士版票 。我們解碼後打開盒子，就取回那個四方連了。」

「對，經物主亞歷克先生確認，那個四方連是他失去的 真品 。」福爾摩斯說着，掏出當日的解碼信及那張仿製的 VR 黑便士版票。

消失的 黑便士

亞歷克先生：

　　您是德高望重的集郵家，為表敬意，恕我冒昧地以您的姓氏 ALICK × 2 設定為此盒子的密碼，只要您懂得用密碼把盒子打開，就能取回一個四方連了。

　　密碼是甚麼？只要您盯着 ALICK，再對照附上的仿製版票上的防偽編號，您一定能找出 5 枚與 ALICK 有關的郵票！

　　接着，再逐行從上而下、從左至右地數，數出 5 枚郵票在版票上的排序號碼並串起來，就會找到密碼了。

　　注意：切勿強行拆開盒子，否則只會損毀珍貴的四方連啊！

　　　　　　　　　　　　　　黑便士怪盜字

　　讀完信後，李大猩與狐格森看着仿製版票說：「**橫12×直20**，全版共有 240 張郵票呢！究竟是哪**5枚**郵票與**ALICK**有關呢？」

横 12 枚

直 20 枚

↑ VR 黑便士仿製版票

「關鍵是要『盯着ALICK』」，必須弄懂這個提示才能找到那5枚郵票啊。」福爾摩斯別有意味地說。

「『盯着ALICK』？」李大猩搔搔頭抱怨，「太難明了！」

「對，盯着它也不會知道哪5枚郵票呀。」狐格森也摸不着頭腦。

「讓我來解釋一下吧。」華生指着版票上其中一枚郵票說，「VR黑便士的左下和右下角分別標示着一個英文字母的防偽編號，而『ALICK』這5個英文字母必定與郵票上的防偽編號有關。」

「有點道理呢。」狐格森想了想，問，「信

中説寫着『 **ALICK×2** 』，難道是指兩個
『ALICK』？」

「嘿嘿嘿，你抓着重點了。」福爾摩斯笑道，
「沒錯，兩個『ALICK』就
等於**10個字母**了。」

「啊！我明白了！」狐
格森叫道，「1 枚郵票有 2 個防偽字母，5 枚就
有 **10** 個，只要把『ALICK』＋『ALICK』
10 個字母 **代入** 到郵票的 2 個防偽字母上，就
能找出那 5 枚郵票了！」

「但是，這10個字母可組成很多不同的 組合 呀。」李大猩 不表認同，「例如，可以是A+L、L+I、I+C、C+K，也可以是A+I、A+C、A+K，或L+C、L+K、I+K，甚至倒過來的 K+C、K+I、K+L、K+A等等呀。」

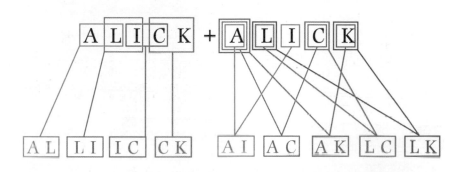

「嘿嘿嘿，初時我的想法也和你一樣。不過，當我『盯着ALICK』看了一會，就看到 答案 了。」福爾摩斯 狡黠 地一笑。

「真的？」李大猩馬上抓起怪盜的信盯着看，但盯得**滿頭大汗**也沒有任何發現。

「讓我來吧！」狐格森奪過信件，把眼睛**瞪**得大大的盯着信上的 ALICK。可是，他瞪得眼珠快掉下來也看不到答案所在。

「算了，你們的眼力太**差**了。」福爾摩斯沒好氣地說，「華生，你告訴他們答案吧。」

「好的。」華生點點頭，向孖寶幹探說，「信上說密碼是以『**ＡＬＩＣＫ×２**』來設定，

其實是指信中兩個上下故意 **排在一起** 的『ALICK』。所以，只要盯着它們細看，就會知道答案是：**A+A、L+L、I+I、C+C** 和 **K+K** 了。最後，只要找出由這 5 組字母組成的防偽字母郵票，就大功告成啦！」

子的密碼，只要您懂得用密碼把盒子打開，就能取回一個四方連了。

密碼是甚麼？只要您盯着 ALICK，再對照附上的仿製版票上的防偽編號，您一定能找出 5 枚與 ALICK 有明的郵票！

下流行從上而下、從左至右地數，

號碼并串起來，

「原來是 **上下兩排** 『ALICK』形成的 5 個組合！」狐格森和李大猩終於明白，連忙按華生的答案從版票中圈出那 **5 枚郵票** 。

「好了，解答了如何找出那 5 枚郵票，就

可以從它們的排序來找出**數字密碼**了！」福爾摩斯一頓，向華生說，「你來解釋一下〈**防偽字母**〉與 排序 的關係吧。」

「又是我嗎？好吧，那我就當仁不讓啦！」華生說着「吭吭吭」的乾咳幾聲，然後**煞有介事**地指着版票說，「這張版票橫 12 ×直 20，全數共 240 枚，**橫A～L**、**直A～T**，從字母排列已可知防偽字母其實已顯示了**順序**。所以，就算剪下其中 1 枚，郵局職員也能一眼看出它在版票上的位置。」

從上而下地數 ↓

	1	2	3	4	5	6	7	8	9	10	11	12
1	A A	B A	C A	D A	E A	F A	G A	H A	I A	J A	K A	L A
2	A B	B B	C B	D B	E B	F B	G B	H B	I B	J B	K B	L B
3	A C	B C	C C	D C	E C	F C	G C	H C	I C	J C	K C	L C
4	A D	B D	C D	D D	E D	F D	G D	H D	I D	J D	K D	L D
5	A E	B E	C E	D E	E E	F E	G E	H E	I E	J E	K E	L E
6	A F	B F	C F	D F	E F	F F	G F	H F	I F	J F	K F	L F
7	A G	B G	C G	D G	E G	F G	G G	H G	I G	J G	K G	L G
8	A H	B H	C H	D H	E H	F H	G H	H H	I H	J H	K H	L H
9	A I	B I	C I	D I	E I	F I	G I	H I	I I	J I	K I	L I
10	A J	B J	C J	D J	E J	F J	G J	H J	I J	J J	K J	L J
11	A K	B K	C K	D K	E K	F K	G K	H K	I K	J K	K K	L K
12	A L	B L	C L	D L	E L	F L	G L	H L	I L	J L	K L	L L
13	A M	B M	C M	D M	E M	F M	G M	H M	I M	J M	K M	L M
14	A N	B N	C N	D N	E N	F N	G N	H N	I N	J N	K N	L N
15	A O	B O	C O	D O	E O	F O	G O	H O	I O	J O	K O	L O
16	A P	B P	C P	D P	E P	F P	G P	H P	I P	J P	K P	L P
17	A Q	B Q	C Q	D Q	E Q	F Q	G Q	H Q	I Q	J Q	K Q	L Q
18	A R	B R	C R	D R	E R	F R	G R	H R	I R	J R	K R	L R
19	A S	B S	C S	D S	E S	F S	G S	H S	I S	J S	K S	L S
20	A T	B T	C T	D T	E T	F T	G T	H T	I T	J T	K T	L T

李大猩不禁讚歎：「原來防偽字母還有這個作用，想出這個方法的人好聰明呢！」

「對，這種排列方法與『**座標**』有着**異曲同工**之妙。」

大家可參考P.106有關數學座標系統的簡介。

「『座標』？」狐格森猛然醒悟，「我明白了！只要按郵票上防偽字母的順序轉換成數字，即是**橫1～12**、**直1～20**，然後按怪盜的提示從上而下、從左至右地數下去，就可以數出郵票**AA、LL、II、CC、KK**的排序號碼，即是密碼了！如 AA ＝ 11、CC ＝ 33 等如此類推。」

「全對！」福爾摩斯說，「不過，用以下的**算式**計算，就不必一枚枚地逐行數啦！」

難題③：請用以下算式計出那 5 枚郵票在版票上的排序號碼。
（答案可在 P.106 找到）
20 枚 ×（直行行數－1）＋ 該直行第？枚＝版票上第？枚

「對了，你剛才說有人正在**申請拍賣**第二個 VR 黑便士的四方連，究竟是怎麼一回事？」華生向李大猩問道。

「是這樣的……」李大猩道出事情的始末。

日前有人向倫敦郵展暨拍賣會申請拍賣一個VR 黑便士的四方連。拍賣會覺得可疑，就暗地裏委託我們調查，看看那個四方連與亞歷克先生被偷去的 12 方連是否有關。因為，拍賣賊贓不但影響拍賣會的商譽，還可能惹上官非啊。

「原來如此。」福爾摩斯聽完李大猩的說明後，狡點地笑道，「嘿嘿嘿，要查明來源並不困難啊。除非亞歷克**監守自盜**報假案，否則拍賣品的來源只有兩個：

1、是**新發現**的珍藏品。

2、是怪盜從 12 方連剪下來的**賊贓**。」

「可是，怪盜說已把手上的 4 枚 VR 黑便士**剪碎**和**丟棄**了呀。」華生說。

「華生，你太老實了。」福爾摩斯說，「那麼名貴的郵票又怎會有人捨得丟棄？怪盜那麼說只是為了

掩人耳目，想順利地在拍賣會賣出他偷來的四方連罷了。」

「但正如你說那樣，也有可能是**新發現**的珍藏品呀。」狐格森說。

「是的。」福爾摩斯在椅子上坐下，信心十足地**蹺起二郎腿**說，「不過是否新發現的珍藏品，我看一眼就知道了。」

難題④：福爾摩斯為甚麼說一眼就能看出是否新發現的珍藏品呢？想不到也沒關係，福爾摩斯會在 P.94 說出答案。

郵展開幕的前一天，賣家紛紛把珍郵拍賣品交給大會鑑定和保存。這時，福爾摩斯和華生已在大會的辦公室內**恭候** VR 黑便士四方連賣家的到來。孖寶幹探則在暗處**埋伏**，伺機而動。

「啊，伯恩哈特・阿斯米先生，歡迎**大駕光臨**。」大會主任看到一個男人踏進門口，就故意揚聲喊出他的名字。

福爾摩斯和華生聽到後馬上**提高警覺**，悄悄地望向那個阿斯米先生。因為，他們已事先從主任口中得悉，VR黑便士的**賣家**名叫阿斯米。

阿斯米高高瘦瘦，一身紳士裝束，表面上像個有錢人。不過，華生注意到，他穿的**皮鞋**雖然擦得發亮，但鞋頭已嚴重磨

損，看來相當**殘舊**。

「我把 VR 黑便士四方連帶來了，請你看

看。」阿斯米從

口袋中掏出一個

小木盒，在拍

賣主任面前**小**

心翼翼地打開。

「我是大會的

鑑證人，讓我看看吧。」福爾摩斯趨前說。

「啊，是嗎？請隨便看吧。」阿斯米**神態**

自若地應道。

不過，華生卻注意到他的眼神有點**游移**

不定，看來心中有鬼。

「好漂亮……實在太漂亮了……」福爾摩

斯用放大鏡邊看邊讚歎，「這個四方連毫無疑

問是 **真品**，不過……」

「不過？」阿斯米感到疑惑，「不過甚麼？」

「不過——」福爾摩斯突然大手一揮，指着阿斯米喝道，「這是你從亞歷克先生那兒偷回來的 **賊贓**！」

「你……你 **含血噴人**！」阿斯米慌了，「這是我的傳家之寶，怎會是賊贓？」

「嘿嘿嘿，亞歷克先生失去了一個橫 4 × 直 3 的 12 方連，防偽編號是 **橫** A～D 、 **直** A～C。後來，怪盜寄回其中 4 枚，編號分別是 **CA**、**CB**、**CC**、**CD**。我們又破解密碼，

從密碼盒內尋回編號為 **AC**、**AD**、**BC**、**BD** 的 4 枚。」福爾摩斯冷笑道，「即是說，12 方連中仍未尋回的 4 枚，編號應該是 **AA**、**AB**、**BA**、**BB**。無獨有偶，你現在拿來拍賣的四方連，編號也是 AA、AB、BA、BB，事實不是已寫在牆上了嗎？」

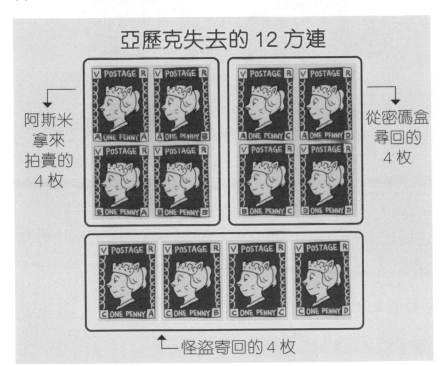

亞歷克失去的 12 方連

阿斯米拿來拍賣的 4 枚

從密碼盒尋回的 4 枚

怪盜寄回的 4 枚

聞言，阿斯米大驚之下**拔腿就逃**。可是，李大猩和狐格森突然殺出，擋住了他的去路。

「我們是蘇格蘭場的警探，**束手就擒**吧！」李大猩怒喝。

「啊……」阿斯米被嚇得雙腿一軟，就跪倒在地上。孖寶幹探馬上把他拘捕。

「阿斯米先生，你就是盜取亞歷克先生那個12方連的**怪盜**吧？」福爾摩斯問。

阿斯米**垂頭喪氣**地說：「是……我就是怪盜。」

「哼！你這個郵票大盜，快說！除了此案之外，還作過甚麼案？」李大猩厲聲喝問。

「對！快**從實招來**！」狐格森也叫道。

「我……我這是第一次犯案……」

「你當我們是傻瓜嗎？」李大猩一把揪起阿斯米再罵，「第一次就能幹出這種大案嗎？你肯定是**積犯**！」

「不……真的是第一次……」阿斯米哭喪似的**辯解**，「我……我媽媽病了整整一年，我花光了積蓄為她治病。這次……實在沒有辦法，

為了籌錢為她動手術，才……才**鋌而走險**的……」

「豈有此理！以為擺出一副可憐相就能搏得同情嗎？」李大猩抓着阿斯米的前襟**破口大罵**。

福爾摩斯想了想，湊到李大猩耳邊低聲說：「不，從整個案子的過程看來，我估計他所說的是**真話**。」

「甚麼？不可能吧。」李大猩滿臉疑惑。

「你們過來一下。」福爾摩斯把孖寶幹探和華生拉到一旁說，「你們想想看，他偷了12

方連後，竟**寄回**其中 4 枚，然後又用難題引導我們去**找回**另外 4 枚。最後，他只是留下一個四方連**拍賣**。如果他真是個慣犯，又怎會那麼大方？」

「以一個竊賊來說，確實太**大方**了。」狐格森雖感認同，但又馬上提出質疑，「不過，他**衣着光鮮**，怎看也不像一個沒錢讓母親治病的人啊。」

「不。」華生插嘴道，「他表面上衣着光鮮，但皮鞋卻很殘舊，應該是**外強**中乾的窮光蛋。」

「嘿，華生，你的觀察力增強了不少呢。」福爾摩斯誇獎道。

於是，四人沉着氣再次審問，阿斯米就詳細地道出了他犯案的**經過**。

原來，他在犯案當晚**潛入**亞歷克家，是想偷錢和珠寶的。但在書房中卻看到一個 VR 黑便士的 12 方連，他幼時是個**集郵迷**，一看就知這個 12 方連*值價不菲*，於是就把它偷了。不過，他在郵品店打聽了一下，得悉一個四方連的價值已足夠為母親支付手術費，就決定把其餘的 8 枚**歸還**。

「那麼，你為何不一次過把 8 枚寄還，而要搞那麼多**花樣**呢？」福爾摩斯問。

「因為，我的目的是要把留下的四方連拿去拍賣，必須令亞歷克先生和警方相信，沒歸還的四方連已被銷毀。」阿斯米解釋道，「所以，我就**故弄玄虛**，先寄回 4 枚，然後要亞歷克先生破解難題才能尋回另外 4 枚。這樣的話，我看起來才像一個**不講邏輯**、**視錢財如糞土**的怪盜了。」

「你以為這樣，警方就會相信未歸還的 4 枚已被銷毀了？」福爾摩斯問。

「是的……為了急於**籌錢**，我……我沒

法細想，只能**出此下策**……」阿斯米懊悔地說，「請……請原諒我吧。」

翌日，亞歷克從福爾摩斯口中得悉阿斯米的犯罪原因後，雖然並不認同為了籌錢就跑去偷東西，但也被阿斯米的孝心**感動**，於是馬上安排醫生為阿斯米的母親動了手術。此外，為了答謝成功破案，除了付上酬金外，他還送了1枚**三角形的珍郵**給福爾摩斯作為謝禮。

「這枚珍郵看來相當**值錢**呢，不如轉手**出讓**賺些房租吧。」華生乘機建議。

「別開玩笑！」福爾摩斯一口**拒絕**，「房租可以拖，珍郵賣了就沒啦！我不會出讓的。」

「拖？你只是想我替你**交租**吧？」華生氣極。

「嘻嘻，這也是一個好辦法呢。」福爾摩斯**賴皮**地說。

可是，我們的大偵探沒想到的是，愛麗絲第二天來追收房租時找不到他，卻以為他放在桌上的這枚珍郵是普通郵票，一怒之下就拿來**寄信**了！

「哇呀！**慘絕人寰**呀！」福爾摩斯知道後抱頭大叫，「我要殺了那個**臭丫頭**呀！」

「哈哈哈！活該！」難得福爾摩斯受到懲罰，華生當然**幸災樂禍**地大笑了。

難題①：

　　只有 6 種方法能剪出一個四方連及兩組 4 枚非四方連的相連票，即圖片中的 2、4 至 8 號。

難題②：可用方程式計算

y 枚 ×（1＋2＋3＋4）便士 ＝ 60 便士

y 枚 × 10 便士 ＝ 60 便士

$$y\ 枚 = \frac{60\ 便士}{10\ 便士}$$

y ＝ 6 枚

每種面額買 6 枚，四種面額即 24 枚。

或直接用以下算式計出：

4 種郵票 ×［60 便士 ÷（1＋2＋3＋4）便士］

＝ 24 枚

難題③：

　　按ＡＬＩＣＫ這５個字母，可用算式順序找出防偽編號ＡＡ、ＬＬ、ＩＩ、ＣＣ、ＫＫ在版票上的排序。

　　編號ＡＡ不用計算也知道是第１枚，其他４枚的排序號碼如下：

20枚 ×（直行行數－ 1）＋該直行第 ? 枚 = 版票上第 ? 枚

編號ＬＬ＝ 20 ×（12 － 1）＋ 12 ＝ 232
編號ＩＩ＝ 20 ×（9 － 1）＋ 9 ＝ 169
編號ＣＣ＝ 20 ×（3 － 1）＋ 3 ＝ 43
編號ＫＫ＝ 20 ×（11 － 1）＋ 11 ＝ 211

把這些編號串起來，密碼就是 1 232 169 43 211。

數學小知識【座標】

　　平面的笛卡兒座標（直角座標）由一條橫軸（x軸）及縱軸（y軸）組成，當下圖要標示紅點位置時，如 x 軸是 2，y 軸是 4，就寫作（2,4）；如 x 軸是 4，y 軸是 2，就寫作（4,2），以顯示於座標的位置。

　　故事中提及 VR 黑便士郵票在版票上的排列，與座標的排法並不完全一樣，郵票編號的排列法是先取 y 軸，再到 x 軸，位置表示為「y軸，x軸」，與數學座標「x軸，y軸」剛好相反。

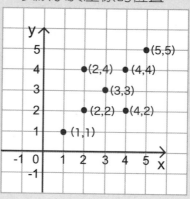

巫婆的毒咒

「**砰**」

的一聲響起，

李大猩 推

開大門闖了

進來，把正

在福爾摩斯

家中玩耍的小兔子撞得幾乎摔倒。

「李探員，看你 **驚惶失措** 似的，難道

發生了甚麼大案？」坐在沙發上的福爾摩斯問

道。

「大案？比大案更嚴重

呀！」李大猩緊張地叫道，

「我是體重 **超過250磅**

的警察，這次死定了！」

「此話何解？難道我們

大英帝國又要裁員，先砍掉那些**好食懶飛**又**蠢如鹿豕**的傢伙，以免冗員太多嗎？」福爾摩斯挖苦道。

李大猩沒心情理會大偵探的譏諷，只是哭喪著臉說：「我上個月抓了一個**騙錢的巫婆**，她惱羞成怒，說會向我下**毒咒**，令我意外受傷！」

福爾摩斯斜眼看了看李大猩，沒好氣地說：「既然是騙錢的巫婆，又有甚麼好怕的，她一定是**故技重施**，只是出言來嚇嚇你罷了。」

「你說得對，我本來也是這樣想的。」李大猩驚恐地說，「不過，她當時還說，她已向蘇格蘭場的警察下**毒咒**，說這個月內必有**2個**體重超過**250磅**的警察因意外受傷入院！」

「啊？難道真的有**2個**體重超過**250磅**的蘇格蘭場警察意外受傷入院了？」小兔子好奇地問。

「是啊！上星期真的有**2個**這個體重的同僚意外受傷入院啊！」

「嘿。」福爾摩斯冷冷地一笑，「只是**巧合**而已，不必驚慌啊。」

「不是呀！」李大猩焦慮地叫道，「那會這麼巧合，一定是她的毒咒**靈驗**了啊！」

「哇！好可怕！」小兔子**幸災樂禍**地叫道，「李大猩先生，那麼，你不是很快就會**受傷**？甚至有 生命危險 嗎？」

「嗚呀！我還未有女朋友，不想這麼快就死啊！」李大猩**悲呼**，看樣子快要哭出來了。

「不要哭，我會帶領全體少年偵探隊的隊員出席你的**喪禮**，再一起為你**默哀**的！請你安息吧。」小兔子說着，脫掉帽子向李大猩鞠了個躬。

「傻瓜！」

福爾摩斯罵道，「人還未死，不准亂説話！況且，只是**2個**體重超過**250磅**警察因傷入院罷了，一點也不稀奇啊。」

「不稀奇？2個也不稀奇嗎？」李大猩説，「難道要有第3個才稀奇嗎？」

「哇哇哇！你一定就是第3個了！」小兔子**惟恐天下不亂**地指着李大猩嚷道。

「哇呀！我……我像是第3個嗎？」李大猩被嚇得**臉無人色**。

「你……你的臉色……突然變得好**蒼白**啊！可能真的是……」

「這次我死定了！我死定了呀！」李大猩大叫大哭。

「不要**胡鬧**了！」福爾摩斯實在看不下去，只好大喝一聲叫停。

「**生死攸關**，怎會是胡鬧啊？」李大猩哭喪着問。

「對！對！對！」小兔子大聲附和，「**生死攸關！生死攸關**呀！」

「哎呀，算了、算了。」福爾摩斯只好搖搖頭說，「李大猩，你去倫敦市政廳的統計部把這個月市內的**意外受傷個案**全都拿來，我證明給你看，為甚麼那兩個警察因傷入院不稀奇吧。」

「啊！」李大猩獲救似的應道，「好！我

馬上就去！」說完，他已一陣風似的奔下樓去了。

　　兩個小時後，李大猩匆匆忙忙地抱着一大疊**文件**跑了回來。可是，他正想交給福爾摩斯時，卻手一滑，「**砰啪**」一聲，那些文件全掉到福爾摩斯身上去。

　　「哇呀！」福爾摩斯驚呼，「你自己還未受傷，卻想用文件**壓傷**我嗎？」

　　「哎呀，對不起！」李大猩連忙道歉，「我只是太緊張了，你沒事吧？」

　　「唉，幸好這些文件不太重，只是壓痛了肚皮。」大偵探搓搓肚子，定一定神後，就拿起文件快速地翻了一下，並從中找出一份紀錄了市內居民意外受傷的**統計表**細看。

　　「怎樣？可以破解巫婆的毒咒嗎？」李大猩擔心地問。

　　「對！可以破解嗎？」仍未離開的小兔子也**多管閒事**地問。

　　「唔……」福爾摩斯看着統計表說，「這個月倫敦共有 **1000人** 意外受傷，有 **40個** 是體重超過 **250磅** 的人，當中有 **2個** 是蘇格蘭場警察。

即是說，我們現在有 3 個數字，它們分別是 **1000**、**40** 和 **2**，三者的比例如下——」說着，他找來一張紙，然後在上面寫了以下 3 條 **數式**。

① 40 ÷ 1000 × 100% = 4%

（全市意外受傷者中，體重超過 250 磅的傷者佔 4%）

② 2 ÷ 1000 × 100% = 0.2%

（全市意外受傷者中，體重超過 250 磅的蘇格蘭場警察佔 0.2%）

③ 2 ÷ 40 × 100% = 5%

（全市重 250 磅的意外受傷者中，蘇格蘭場警察佔 5%）

「從這 3 條數式可以看出，蘇格蘭場警察傷者佔體重 250 磅的市內意外受傷者中的**5%**，比例雖然有點高，但也不算太離譜。在統計學的角度來說，這是頗為 **正常** 的。」福爾摩斯說。

「是嗎？」李大猩仍不太放心。

「此外，那兩個蘇格蘭場警察一個是 **巡警**、一個是 **緝毒人員**，前者在追捕賊人時摔傷，後者則因執行掃毒任務時被打傷，他們的工作本身就比較 **危險**，佔比高一點也算正常呀。」福爾摩斯分析道，「所以，只是 2 個重 250 磅的蘇格蘭場警察意外受傷，就相信以為那個巫婆的毒咒靈驗，實在太**輕率**了。」

「原來如此。」李大猩 **恍然大悟**。

「不過……」福爾摩斯從頭到腳打量了一下李大猩，**欲言又止**。

「怎麼了？」李大猩訝異地問，「你有甚麼想說？」

「不過，那個巫婆可能也有點道理。」福爾摩斯說着，又斜眼看了看李大猩的**大肚腩**。

「甚麼意思？」李大猩看到大偵探的眼神有異，不禁擔心地問。

「對！甚麼意思？」小兔子也插嘴問道。

「體重250磅是**過於肥胖**啊！」福爾摩

斯說，「那兩個蘇格蘭場警察挺着**大肚腩**去幹危險的工作，一不小心就很容易受傷了。」

「啊⋯⋯」李大猩摸了摸自己的**大肚腩**，面露驚恐的神色。

「呀！我明白了！那個巫婆是對的！」小兔子指着李大猩的**肚腩**說，「你挺着大肚腩去追兇的話，不是心臟病發就是摔跤，意外受傷的風險很高啊！」

「那⋯⋯那怎辦？」李大猩求助似的望着我們的大偵探。

「這個嘛⋯⋯」福爾摩斯狡黠地一笑，「你一日三餐減至**一日一餐**，而且每餐只**吃菜**，

不吃肉和炸薯條。然後，每天急步**跑20哩**。這樣的話，很快可以減去肚腩了。」

「甚麼？每天一餐，不吃肉和炸薯條？還要跑20哩？」李大猩哭喪着臉說，「實在太**苛刻**、太**慘無人道**啊！」

「嫌苛刻的話，那位巫婆的**毒咒**一定會應驗啊！你不怕嗎？」

「對！一定會應驗！寧可信其有，不可信

其無啊！」小兔子興奮地叫道。

「哇呀！我不想聽呀！」李大猩一腳踢開大門，像逃似的急急地奔下樓去消失了。

一個月後，李大猩又 神經兮兮 地來到貝格街221B，他一見到福爾摩斯就喊道：「不得了！那個巫婆的 毒咒 真的很屬害啊！」

「又怎麼了？」福爾摩斯問。

「對，又怎麼了？」剛好來串門子的小兔子也問。

「她後來又向蘇格蘭場總部對面的醫院下了毒咒，說會令當中數以十計的病人病情惡化，而且，他們全都是紀律部隊人員！」

「難道她的毒咒應驗了？」福爾摩斯緊張地問。

「應驗了！」李大猩傷心地說，「上個

月果然有 10 多個病人危殆，他們確實全部都是**紀律部隊人員**啊！」

「啊……」福爾摩斯啞然，「那個巫婆真的那麼**厲害**？不可能吧？」

「哎呀！事實擺在眼前，不由你不信啊！」李大猩説。

福爾摩斯想了想，充滿疑惑地問：「你剛才説是蘇格蘭場總部對面的那間**醫院**嗎？」

「是呀。」

「如果我病了，可以去那裏看病嗎？」

「不可以。」

「為甚麼？」

「那是一間只收容**紀律部隊人員**的醫

院，你當然不可以去看病啦！」

聞言，福爾摩斯和小兔子**不約而同**地兩腿一歪，「啪嗒」一聲倒在地上，氣得昏過去了。

問題：為甚麼福爾摩斯和小兔子聽到李大猩的回答，會氣得馬上昏倒在地呢？你知道箇中原因嗎？

答案：
　　巫婆的毒咒指，蘇格蘭場總部對面的醫院的病人中，會有數以十計的紀律部隊人員危殆。結果，她的預言應驗了。不過，那是一間專門收容紀律部隊人員的醫院，她的預言一定會應驗呀。李大猩連這個邏輯也不明白，福爾摩斯和小兔子又怎會不被氣得當場昏倒呢？

福爾摩斯的數學小知識

【百分數】

　　百分數（符號為%）是以100為分母來表示比率數值的方法。

　　如1%就代表百分之一，又可寫作1/100或0.01。

　　本故事中，全市有1000名意外受傷者，當中體重超過250磅的傷者有40人，那麼他們佔全市意外受傷者的百分率就是4%了。

$$40 人 \div 1000 人 \times 100\% = 4\%$$

大偵探 福爾摩斯
SHERLOCK HOLMES
數學偵緝系列 ⑤
貝格街 221B 的命案

原案&監修／厲河　　繪畫／月牙

編撰／《兒童的科學》創作組（執筆：厲河、林浩暉、鄭兆臻）

着色／陳沃龍、徐國聲　　封面及內文設計／葉承志

編輯／盧冠麟

出版
匯識教育有限公司
香港柴灣祥利街9號祥利工業大廈2樓A室

承印
天虹印刷有限公司
香港九龍新蒲崗大有街26-28號3-4樓

發行
同德書報有限公司
九龍官塘大業街34號楊耀松（第五）工業大廈地下
電話：(852)3551 3388　　傳真：(852)3551 3300

第一次印刷發行
© Lui Hok Cheung
© 2023 Rightman Publishing Ltd. All rights reserved.

2023年7月
翻印必究

想看《大偵探福爾摩斯》的
最新消息或發表你的意見，
請登入以下facebook專頁網址。
www.facebook.com/great.holmes

購買圖書

ISBN:978-988-76232-5-0
港幣定價 HK$68
台幣定價 NT$340

若發現本書缺頁或破損，
請致電25158787與本社聯絡。

網上選購方便快捷　購滿$100郵費全免　詳情請登網址 www.rightman.net

大偵探福爾摩斯
提升數學能力讀本
一套 6 冊，助你打好數學基礎！

❶ 加減乘除

❷ 分數·小數·百分數

❸ 平面·面積

❹ 立體·體積

❺ 度量衡

❻ 代數·簡易方程

以精彩的故事、好玩易明的專欄、
生活化的例子，深入淺出解説
6 大數學主題！

已經出版！

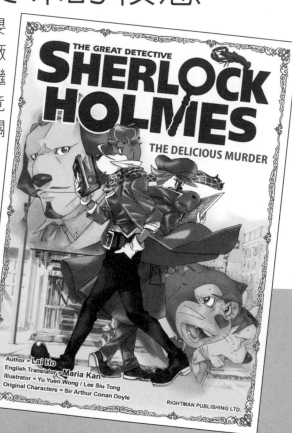